AF314889

COMPLAINTE

DES

FILLES DE PARIS.

COMPLAINTE

AUTHENTIQUE, ORIGINALE ET SEULE VÉRITABLE,

SUR

LA GRANDE CATASTROPHE

DES

FILLES DE PARIS.

PARIS,

CHEZ LES MARCHANDS DE NOUVEAUTÉS.

1830.

Imprimerie de David,

Boulevart Poissonnière, n. 6.

COMPLAINTE

AUTHENTIQUE, ORIGINALE ET SEULE VÉRITABLE,

SUR

La Grande Catastrophe

DES

FILLES DE PARIS.

⸺⸺⸺ ✦ ⸺⸺⸺

Air de la Complainte de Fualdès.

1.

MANGIN, ce saint et digne homme,
Inspiré par Loyola,
Dit à son garçon : Hola !
Pour avoir crédit à Rome,
Je mitonne un très-bon tour :
Fais venir Coco-Lacour.

2.

» Que me veut votre Excellence ?
Di. Coco, très-humblement ?
Comptez sur mon dévoûment
Et sur mon intelligence.
On sait que dans l'occasion.
Je suis un fameux luron. »

3.

— « Voici une bonne affaire,
Qui me tire du repos ;
Les journaux, les tribunaux ;
Seront forcés de se taire,
Dit, en se frottant les mains,
Le tendre père MANGIN.

4.

« Que ce soir toutes les filles,
Dans les rues , dans les bazars,
Soient prises par les mouchards,
Car tout Paris en fourmille ;
Et le faubourg Saint-Germain
Me bénira comme un Saint,

5.

» Par ce coup atrabilaire ,
Je prétends , mon cher Lacour,
En me mettant bien en Cour ,
Arriver au Ministère.
Je compte sur les catins
Pour embellir mes destins. »

6.

Aussitôt les bons gendarmes
Se répandent dans Paris ,
Sourds aux menaces, aux cris ,
Et sans pitié pour les larmes :
Laides, vieilles et tendrons,
Tout va coucher au violon.

7.

Dans ce séjour détestable ,
Victimes d'un tour si noir ,
Ces Filles , au désespoir ,
Font des plaintes lamentables :
C'est l'abomination
De la désolation.

DOLÉANCES

ET

LAMENTATIONS.

8.

« Nous croyions, avec nos cartes,
Échapper à ce coup-ci ;
Mais, les Députés partis,
Voilà qu'on viole la CHARTE ;
La représentation
Tombe en dissolution.

9.

» MANGIN, plus hardi qu'un Corse,

Veut tuer la liberté,

Mécaniser l'égalité,

Grâce à l'article quatorze,

Et l'article soixante-trois,

Qui met la France aux abois!! (1)

10.

» Il revient l'ancien régime !

La civilisation

Fait un pas à reculon;

Nous en sommes les victimes :

Voilà le grand coup d'État

Annoncé avec éclat !

---

(1) C'est sans doute en s'appuyant sur l'article 14, interprèté selon la *Gazette* et la *Quotidienne*, que M. Mangin a cru avoir le droit de réduire à l'esclavage une classe de femmes faibles et sans défense.

L'article 63 est celui qui parle des cours prévôtales dont on menace la France depuis quelques jours. Qui sait si on ne fera pas l'essai de ces cours prévôtales par ordonnance, pour juger les pauvres filles publiques, qui oseront contester la légalité de l'arrêté de M. Mangin ?

11.

» O BENJAMIN de la France,
CONSTANT ami de nos droits,
Souviens-toi de tes exploits,
Ranime ton éloquence;
Et pour le COURRIER FRANÇAIS,
Tiens un article tout prêt.

12.

» N'épargne pas ce BELLEYME,
Qui fit de la liberté
Aux dépens de l'égalité :
Il est étonnant qu'on l'aime !
Mais sa popularité
Ne passera pas l'été.

13.

» C'est lui qui, par ses caprices,
A mis l'honnête MANGIN
Sur le tortueux chemin
Des abus, des injustices...
Mais le règne des tyrans,
Grâce à Dieu, n'aura qu'un temps!!!

14.

» Un certain monsieur MADROLLE
Dans un livre assez plaisant,
Créait un gouvernement
D'une nature fort drôle.
De ce projet clairement
Voici le commencement.

15.

» Dans son mémoire bizarre
Ce MADROLLE a proposé
D'établir la société
D'une manière assez rare :
Car les uns, par ce moyen,
Seront tout, les autres rien.

16.

» JOSON, dit l'APOSTOLIQUE,
Chétif et laid comme un ver,
Nous condamnait à l'enfer
Dans sa feuille jésuitique :
JOSON et Monsieur MANGIN
Tous deux se donnent la main.

17.

» En ALGER, où il y a la guerre,
On dit qu'un Pacha brutal
Donne les fers et le pal
Aux chrétiennes prisonnières ;
MANGIN, sans autre façon,
Les réduit en oppression.

18.

» Partez, guerriers redoutables,
Allez conquérir Alger ;
Cueillez de nouveaux lauriers,
Et revenez plus aimables.
Hélas ! quel triste retour !
On vous ravit vos amours !

19.

» Monsieur FRILAY, le vicaire,
Était un homme bien noir ;
On a vu que chaque soir
Il fesait un adultère.
S'il nous fut venu trouver
Nous aurions su le calmer.

20.

Sous les coupes de la jouissance.
D'un jésuitisme chonté!
Tomberons-nous sans pitié?
Sexe faible et sans défense.
Ah! puisse la société
Nous avoir bientôt vengées.

21.

Nos droits sont ceux de française
Filles de la nation,
Nées d'un peuple libre et bon
Qu'on gouverne trop à l'aise,
Pourtant la congrégation
Ne lui donnera pas le pion.

22.

— » Oui, fiilles, dit la matrone,
Soutenons avec honneur
Nos revers et nos malheurs;
Soyons toutes des CAMBRONE.
Pourquoi ne dirions-nous pas :
LES FILLES NE CÈDENT PAS!!!

CONCLUSION.

» Or, d'où vient notre misère,
Si ce n'est de Polignac,
Conny, Cottu, Mayrinhac,
Lépine et Clermont-Tonnerre,
Pina, Bourmont et Guernon,
Avec son *duque* d'Aumont ?

Fin.